歌集

小丸川の瀬音

長尾和守

飯塚書店

歌集　小丸川の瀬音　＊目次

歌集　小丸川の瀬音

長尾　和守

噴煙なびく

微笑みてをみな歩み来その視線車椅子のわが犬に向けつつ

炬燵辺の長ざぶとんに腹這へる老犬はいびきかきをり真昼

飴色の満月しづみ中天の星の柄杓がかがやきを増す

二十年われの使ひし腰ベルト妻がこのごろテニスでつかふ

「ひなまつり」唄ひてやれば眠りたる女孫の顔にぼんぼり明る

かつてわが管内なりし新燃岳《しんもえだけ》けふ大噴火したりおどろく

宮崎市、日向灘へと五百キロ新燃岳の噴煙なびく

火山灰山に積もれり泥流の因《もと》となる雨しばらく降るな

大地揺れる

老犬を抱へて家の外《と》に出ればお隣は貴重品バッグ提げ持つ

門先にしやがみて瞠《みは》る舗装路が裂けんがに前後左右に撓む

余震なほやまぬニホンを雲間より月はしづかに見下ろしゐたり

原発の汚染水海に流れ出てけさの太陽真つ赤にのぼる

行き行けば隆起、沈下の段差あり海浜幕張駅前広場

団子虫ことしは多し放射能汚染ひろがるゆゑにあらねど

初つばめほほづき鳴らすやうに鳴き雨晴れしけさの畑の上飛ぶ

畑中の一もと空木《うつぎ》雪のごと花散り敷きてなほ咲きさかる

椋一樹倒れし森に開きたる円き空あり梅雨晴れの空

手花火のごとくぶだうの花咲きぬ雨後の南風ふきわたるあさ

熱帯夜明けの路上におびただし森を這ひ出でて死にたる蚯蚓

門前に乾びし蚯蚓掻きて捨つ炉心溶融《メルトダウン》を憂ふるあした

田植どきに吾を生みたるひけ目など母言ひをりきそのわれも古稀

ふかき樹の照り

舌を出し呼吸《いき》荒く車椅子を牽く犬なりゆるき坂道なれど

このあした励ましくるる媼あれど喘ぎ歩きの犬愛想なし

後肢《うしろあし》のつけ根のあたり血が滲みゐるに気づきてわが狼狽《うろた》へつ

語気つよく獣医は言へり「創深い。壊疽がすすめば命とりです」

老衰はかくもにはかに来るかとも犬を目守りぬすべなくわれは

油蟬、にいにい蟬がきそひ鳴く夏日ざかりのふかき樹の照り

あをばづく

早朝の愛車の下で四匹の子猫鳴きをり身を寄せ合ひて

介護犬と猫毛アレルギーのヒトがゐてこの子猫らをわが家は飼へぬ

御守りが効きしか動物愛護センターに託しし子猫の貰ひ手つきぬ

戦災を免れし椎の木の洞に青葉木菟の雛ことしも育つ

とほくちかくカナカナ鳴けり鳴き交すそのこゑかなし早朝の森

ふと思ふ高安国世先生のドイツ語授業のかの声の張り

作曲は河野昭八先生の「南郷中学校運動会の歌」

亡き父の遺品にありき中三のわれの作詞の歌のガリ刷り

食ひしん坊

神経のなくて痛みもなき犬が治療のあひだ目を細めゐる

傷の治療終へたる犬は眠りゐて白露のけふの風通ひくる

褥瘡の癒えゆく犬の目にちから還り来、食ひしん坊の戻り来

下半身不随の犬を片方づつ妻と提げ持ち夜の散歩す

望の月照らす芝生に横たはる犬の腿なる包帯の白

児ら騒ぐ居間より犬を和室へと居場所移せば今宵安らふ

幼児の寝息のごとくいとしけれかたへの老いし犬の寝息は

ンゴロンゴロ山

秋浅き楢の葉を吹く風の音、砂の国では聴かざりし音

『獨石馬』読みつつ見やる北窓の向かうの畑柿色づけり

玉入れの輪の中に立ち籠ばかり見上げゐるなりわが三歳児

野の道に落つる辛夷の影法師徐々に失せたり月欠けゆくに

月はいま皆既となれど煤けたる障子のごとき色して円し

アフリカのスコール偲び立冬のあかつきの雨醒めて聴きをり

語頭のン思へばアフリカ恋ほしけれンハンデ次長またンゴロンゴロ山

大楢を離《か》れし葉ひとつ幾たびも螺旋を描き土に落ちゆく

老犬の褥瘡の傷完全に癒ゆる日近し歳暮れんとす

人ならば百余歳なる犬のハルわが年をとうに越えて老いたり

サウジの塩

新年のこころすがしく妻と食ぶサウジの塩で漬けし白菜

突然に全身痙攣起こしたるハルが涎を垂らして呻く

赤信号待つももどかし手を伸べて後部座席の犬を励ます

常よりも獣医手早く大小の注射打ちゆく首、尻、肢に

痙攣の止まりて犬は死せるがに臥れりしろき診察台に

妻とわれ呼びかけをれば犬のハル焦点のなき目をしばたたく

幻覚におびゆるごときわが犬に手枕をしてやれば寝入りぬ

うす闇にまなこを凝らしたしかめつ腹で息するハルのいのちを

発症し三十時間経ちし午後目を見開きて水飲むハルは
老い耄れて鳴かずなりゐしハルが鳴くけふ大好きな柴犬と会ひ
呼吸荒く犬が前肢《まえあし》ふんばりて車椅子牽く道　梅かほる

歩き来て至福のときぞ車椅子解きて芝生に腹這へる犬

犬のハル眠るかたはら中天のわがふたご座の星をおもへり

ぼんぼりにしろく顔照る雛たちの御前に寝てわれははなやぐ

なば山

腹こはし重湯を啜る春の夜や孫らピザ食べ妻ビール飲む

五日目の平常食のうまきかなとりわけ苺、鰯の煮つけ

古巣ひとつめぐる鴉のバトルあり追ひつ追はれつ羽搏ち合ひて

巣を得んと十余のつがひ入り乱れひと日たたかふ鴉の世界

勝ち鴉巣の辺の枝にとまりをり負けたるがみな去りし日暮れを

巣を得たる鴉のこゑがくぐもりて夜更けに聞こゆ前の森より

椨《たぶ》若木金の照り葉を伸ばし来ぬ二階の北のわが窓近く

外《と》の森があをく障子に反射せる和室にひと日老犬は臥す

姉逝きしのち一人にてなば山に義兄は励めりすこし意固地に
（「なば」は宮崎地方の方言で「椎茸」のこと。「なば山」は「椎茸栽培」の意）

椎茸の出来まづまづと九十の義兄の電話の声に張りあり

雷鳴も聞こえずなりし老犬が居間の真中を占めてまどろむ

外出を控へて犬の傍に居りひと日ひと日のいのちにあれば

水呑みのボールに口をつけたまま鼾かきをり老犬のハル

土用風吹けば思ほゆ口笛で涼風呼びし黍畑の母

いのちの崖

呼吸はやく臥れる犬に添寝せり風中の灯のごときいのちに

フロントガラスの二日の月を拝《おろが》みぬ犬の命を助けたまへ

座薬にて犬の痙攣抑へゐる夏のあしたを山鳩鳴けり

夜明け前もがきし犬が絨毯に残せる涎、ふかき爪痕

病み篤き犬を看る間に時は逝き蟬もいつしか地上より果つ

絨毯に腹這ひ幼き児の描ける老犬の目は生き生きとせり

犬の顔描きし余白に児は書けり〈ハルちゃんながいきしてありがとう〉

新月のこよひわが犬こんこんと眠れりいのちの崖のほとりで

月ほそるたび重篤となる犬がまた食を絶ち昏睡に入る

柏槙

七人の同期の出世頭なりし君あつけなく癌に逝きたり

江戸っ子でダンディの君やつれたるさま見すまじと他人《ひと》遠ざけし

千葉公園行きて柏《びゃく》槇《しん》仰ぐときとほきアラブの森を偲べり

柏槇の樹液のかほる森に入り歩みゆるめきアリ氏もわれも

まがなしく秋の日澄みてシロダモの小さき房花いまさかりなり

口笛を吹きつつひとり下校せる男児はいまだ憂ひ持たずや

ばら組の絵のなか下の孫の絵はやうやく中の下くらひになる

アラビアで禁酒せしごと晩酌はせず寝につかん犬を看るわれ

繊月の背《そびら》に寄れる星ひとつ天のまほらの夜這のごとし

終の雪

みそさざい地表を低く鳴き移りしづけき森に初日射し来ぬ

鼻づまりひどき風邪ひく犬とわれ口で呼吸せり枕ならべて

左手で犬抱き支へ右の手で食はせ水飲ませ口を拭きやる

スポイドで流動食を流し込む弓手に犬の口おし開けて

老犬の寝息かそけし窓打てる雨はみぞれとなりゆくけはひ

くぼみたる目でちからなくわれを見る老犬ハルの余命をおもふ

ふとんごと窓辺に抱へ来て見する犬には終《つひ》の雪かもしれぬ

スキー場の隅で胴体すべりして雪をよろこぶハル若かりき

目も耳も衰へし犬わが手もて頭《づ》を撫でむときあはれをののく

鳴く、喘ぐなど自が意志を示すすべなくしてハルは昼夜をねむる

日に二度の流動食といくばくの排泄をして犬は生きをり

前の森とどろかしたる木枯らしが宙《そら》に去りゆく遠きその音

わが通ふ歯科の診察台ゆ見つけふ咲き満つる梅のましろさ

犬のハル逝く

午後の水飲まさんと体《たい》を返しつつ何かが変だ、ハルが息せぬ

名を呼べど揺すれど反応なかりけりあさに眠りし寝すがたのまま

いつか来るその時がけふ不意に来つ朝より何も変らざりしが

まだ温き犬を抱きて妻泣けり「良い子だったね、長生きしたね」

春彼岸明けたるけふの花ぐもり老犬とほく旅立ちゆきぬ

四歳で半下身不随となりし犬十五歳八箇月のいのちけふ終ふ

人ならば百十五歳の犬のハル蠟燃え尽くるごとく逝きたり

ハルを焼くその朝児らは亡骸の黒き房毛を撫でて出てゆく

痩せ痩せしハルのかばねを布団ごと妻と抱へて車に乗せぬ

香を焚き般若心経わが唱ふペット霊園の観音像前

台車にて運ばれゆくを目守りつつ炉に入らむとき涙こぼれつ

杉林の穂先の空に立ちのぼり消えていくなり犬焼くけむり

包帯の犬は焼かれて褥瘡の痕跡もなき骨となりたり

老犬の骨は黄ばみて脆けれど堅く真白し二本の犬歯

死の前夜ハルの目脂の止まざりき思へば涙混じりをりしか

犬死にて「つぎにしぬのはおぢいちゃん」と下の児言へりみな聞き流す

亡き犬の飲み残したる栄養剤われが飲むなり初七日過ぎて

犬のハル看んと階下におりてゆき『ハル、よく来たね』の校正をしき

拙著『ハル、よくきたね』、二〇一二年十二月刊行。

亡きハルの思ひ出語りきりもなく娘と妻こよひ酔ひつぶれたり

三たびの春

老犬の介護の要のなくなりてまづ尋めゆかな震災の跡

東北道走りて春をさかのぼり来たるみちのく芽吹きどきなる

停車して左右を見たり震災以後電車通らぬ踏切なれど

踏切のそばのトンネルほの暗きなかに無傷の線路見えをり

海沿いの山を拓きし墓地ありて新しき墓石みな海を向く

家なべてさらはれたれど山裾のわづかの高みに神社残れり

大津波の襲へる街を薙ぐごとく漂着しけむこの巨き船

いまもなほ海に戻らば動きさう三百三十トンの巻網漁船

瓦礫みな片付けられて荒野あり船ひとつ泊てしままに寥しき

漂着のままの巨船に足とむる人多くしてコンビニ建ちぬ

土嚢積む小田が浜にてふたつ聞く蛙のこゑと磯波の音

倒れたるビルの底見ゆ倒せしは寄せ波ならず引き波といふ

復旧の遅々たる町を見下ろして三たびの春の山桜咲く

速度落とし見つつ過ぎたりひつそりと昼をしづまる仮設住宅

ねぢばな

義弟の電話に妻の優しくて在りし日のわが姉を思ひぬ

合歓垂るる川で泳ぎし小四のわれの思ほゆにいにい鳴けば

窓前《まどさき》のゴーヤ三つ四つ花ひらきその花移る蜂をいとしむ

ねぢばなを吸ひつつのぼる紋白蝶前進のたび小さくはばたく

早朝のピーナツ畑に嫗ゐて腹這ふさまに草を掻きをり

油蟬まだ飛び立たず塀掴みたる自らの脱け殻のそば

匂ひなき世界に住めば柑橘もをみなも香りなくてさびしゑ

馬食はず咲くころと来し森かげにしろき十字の小花群れ咲く

河童橋

穂高嶺《ね》のけふよく見ゆる河童橋アジアの顔の人で混み合ふ

秋日早や明神岳に没らむとし激ち流るる梓川の音

明け方の空は晴れきて前穂高東壁の岩を半月照らす

近くにて鳴けば遠くで応へ鳴く駒鳥のこゑ聞きつつ登る

山小屋のテラスに心ふるひつつ仰げり穂高の尖る峰々

虎杖の褐《あか》く末枯《すが》れて風に鳴る圏谷《カール》のガレを喘ぎてのぼる

装備よき山ガールらとすれちがふ一瞬ほのかに薔薇のかほりす

奥穂高岳《おくほ》への険しき岩尾根這ひのぼる七十肩の痛み忘れて

鉄梯子一段一段攀づるとき眼下の小屋の煙にほひ来

俯瞰する右股谷は堆砂して水無しの谷しろく寂しき

北穂高岳《きたほ》よりつづく〈ゴジラの背〉の上にかたち歪みて北斗輝く

大工の友

中天に北斗またたきあかつきの畑の小道茶の花しろし

後肢《うしろあし》すこしひきずる姿にて老犬行けり冬の日の路地

一年はみじかく五年はながすぎて三年日記ことしも選ぶ

ユリオプスデージーこぼれ咲く路地にとほきアシールの山を思へり
（アシール＝サウジアラビアの南西部の地方名）

死に近き老犬ハルと寝ねし部屋ことしもひとり雛の伽する

クリミアに争ひ起こる春の夜を月と木星寄り添ひて冴ゆ

左手の甲でしばしば涙拭き歌をうたへり卒園の児は

わが心《しん》の鼓動と間隔同じうし時きざむ暁《あけ》の時計聞きをり

わが歌集読みたる友は小丸川《おまるがは》見下ろすわれの生家尋めしと

わが生家描きて自製の額に入れ送りくれたり大工の友が

救急車

常になき肩のだるさが二十分続きてつひに救急車呼ぶ

乗り心地意外に悪しき救急車砂利道走るごと揺れやまず

心筋梗塞疑ひ濃くて三つ目の病院に向けまた走り出す

空きベッド無くて入れられしICU夜すがら計器鳴りやまぬなり

カテーテルの先どのあたり進みゐむ「息を止めて」と幾度も言はれ

冠動脈狭窄箇所が拍動のたびにぬたくるを映像に見る

心筋梗塞の一歩手前と医師言へりかたき表情すこしくづして

神経の細き性ゆゑ心臓に負担かけ来しひと世と思ふ

巨眼もつアームの先が降りて来て触れむがに胸の上を這ひまはる

オペしばし中断せる間聞き分かぬふたりの医師の交す低き声

オペ終へて運ばれ来たる病室の窓の満月純金の色

病室の向かうの丘に木々の萌ゆ赤き若葉の欅も混じり

ピーナツの花

花終へて安らふごとき合歓の木に体ずらしつつみんみん鳴けり

子つばめの育ち遅れか電線の一羽にばかり餌が運ばるる

ピーナツは橙いろの花つけぬ旱《ひでり》に耐へて雨を得しけさ

花と葉の匂ひの相違《ちがひ》天と地のごとく差のありへクソカズラ咲けり

ひぐらしの稀《すく》なくことしの夏逝きてながく鳴き継ぐつくつく法師

法師蟬ばかりとなりて鳴く森の木下闇《このしたぐれ》の曼殊沙華の紅

森のなか日の刺すところあかあかと焚火のごとく曼殊沙華炎ゆ

御嶽山《おんたけ》の噴火に逝きし人びとのあはれ働き盛りの多き

脚なへの犬を引きずるごとく行く若き男を危ぶみ見追《まお》ふ

明け空に月とささめく星ひとつたまゆら見えて雲に隠れつ

お遍路

区切り打ち（四国八十八札所を何回かに分けて巡ること）初回。

妻と読むお経の息の合はぬまま時に参拝作法を違《たが》ふ

遍路路を追ひ越しゆける軽トラの荷台の檻に猪《しし》猛りゐる

左手に杖、右の手に手摺持ち三百三十三の石段のぼる

お遍路の人形すわる休み処の卓に盛る柿ひとついただく

左足引きずる妻に肩を貸し吉野川の広き中洲を行きぬ

秋晴れの二日続けり西の方とほくかすむは剣山《つるぎさん》ならん

水青く流るともせぬ吉野川の淀みに大き鯉らたむろす

茶の実油

窓下を初老のふたり散歩せり介護士のをんな、病者のをとこ

〈ゐないゐないばあ〉してみれば立ち上がり小犬はもはら吾の顔舐む

殻堅き茶の実を割れば弾力を持てる萌黄のまろき種子あり

五、六人をみな集まり茶の実油搾りき采配役は祖母にて

味噌醤油造り茶を炒り餅を搗きしひろき土間見ゆ大竈見ゆ

都市栄え田舎廃れて人びとが実利追ふ国　未来危ふし

地球照

足を曳く老職人は冬土に座りて化粧石を張りゆく

弦ほそき囲炉裏の鍋を思はせて地球照《ちきうせう》見ゆ明けの繊月

霜柱踏みて野の径歩むときわれの足音、犬の足音

スイミングスクールバスの児を待ちて空にかぞへぬ星二つ三つ

濯ぎものを二階のテラスに干すわれを見ぬ人、見ぬふりする人行けり

新しき人生に入る若者か物干し竿など買ひて街ゆく

ひげ剃りて両手に洗ふわが顔のいたく小さしと思ひぬけさは

散るさくら散らざるさくらともどもに韻《ひびき》を帯びて風に撓へり

筒鳥のこゑ

備讃瀬戸わたる〈南風9号〉の窓下の海は春の昼凪ぎ

区切り打ち二回目。

乗り換えし二両電車は向きを変へ東へくだる吉野川に沿ひ

洪水に水漬きし岸の竹叢は吉野川下流へ撓ひて傾ぐ

呼び止めて古老の賜びし小瓢箪　びっしりと自筆の心経書かる

同宿の人みな男の歩き遍路、九回目とふ初老もおはす

山寺の道標に添書《そへが》きのあり「健脚五時間、弱足八時間」

杉山の木下闇《このしたぐれ》に群れ咲ける花うす青き著莪に足止む

祖母も父もこの道に聞きたまひしか寂しく徹る筒鳥のこゑ

山女魚などゐさうな左右内《さうち》谷川を越えて最後の登りに向かふ

山門を入れば境内涼しくて幾多の杉の古木ら聳ゆ

奥の院に近づけば立つ樹皮剥離せるほど老いし赤樫の巨樹

人ひとり座ると見えしヒサカキのそばに在り〈大蛇封じ込めの岩〉

頂きは祠がひとつその傍に「焼山寺山」の標識あらたし

*

山寺の夜の闇深し手に触れんばかりに春の星座またたく

宿坊はふすまの仕切り　隣室の会話、身じろぎそのまま伝ふ

山門を見返るわれに「また来いよ」とも言ふごときうぐひすの声

登り来し径に岐れて次の寺指す下り坂崖のごとしも

逆打ちのお遍路ならん坂径をゆっくり登り来る顔、柔和
（逆打ち＝四国八十八札所を一番からではなく八十八番から巡ること）

膝痛みはじめし妻が二本杖もて坂くだるわが杖つかひて

屋敷跡か畑の跡か森のなかに黒く苔むす石垣のあり

南向きの山の斜面に集落《むら》ありて段々畑は等高線に沿ふ

庭畑のスダチの下に蕗、紫蘇を育てて土地をつましく用《つか》ふ

土地狭き山の暮らしはきびしからむ集落のおちこち廃屋多し

坂くだり切りて出会ひし鮎喰川その河原にておそき昼餉す

けふは二度苦手の蛇に出くはしぬ山の縞蛇、里の赤棟蛇《やまかがし》

草笛

大銀杏の樹冠の内は枝葉混みて鳥さへ棲まぬ青き闇あり

落花生手播く媼のあとにつき翁は機械で土をかけゆく

草笛を吹きつつひとり下校する男児のあとにわが小犬蹤《つ》く

死の際もいのち奮ひて詠みにけむ豊島陽子さんの特選の歌

「見納めになるやもしれぬわが家」と詠みにし友よ死の十日まへ

看る夫、看らるる妻の歌読みて来世も契るふたりとおもふ

午前四時鴉とにいにい鳴き初めて鵯《ひよ》かなかなのこゑ加はりぬ

江戸の代に大洪水がありてより絹川を鬼怒川と書けりと

ひだりより耳鳴り絶えずみぎりより虫の音聞こゆ風邪に臥せれば

窓さきの森の斜りに植ゑし枇杷枯れてその跡の樗いきほふ

薄明かり恋ひて鳴くにやひぐらしが朝な夕なの薄明に鳴く

十善戒

床のへり伝ひてはしるごきぶりを即座に素手でたたきて仕留む

ごきぶりのすばしつこさを上まわるものまだわれの手に残りをり

ごきぶりを咄嗟にあやめておもひをり十善戒を破りたること

夏まひる木の幹のぼる蟻の列　とほくアラブに励みし日思ふ

猫が威嚇すれば跳び退き離《か》り行けばあと追いかけて喚けり鴉

椋の木の梢より出でし後の月すずむしの音のやうに澄みをり

ケイタイが壊れてスマホに換へし妻われとの間がまたすこし空く

針葉樹園のビャクシン瘤多くその捻《ねじ》れたる幹を手に撫づ

僧ふたり

区切り打ち三度目は車で巡りゆく妻が運転、われは地図係

海鳴りかはた木枯らしか覚めて聞く室戸の海の夜の咆哮

空海が苦行せしとふ御蔵洞《みくろど》にツアーのお遍路ひしめき合へり

海辺なるお寺と言へど石段を積みて津波の届かぬ高さ

茶の芽吹くやうな香りの漂へり神峯寺《かうのみねじ》の秋日射す庭

足摺の海の彼方を瞠りをりジョン万次郎の巨き立像

土佐の国あまたの偉人名のなかわが目を捕ふ牧野富太郎

車中よりつと手を合はせ追越しぬすこし足曳く歩き遍路を

朝七時開く納経所　僧ふたり並びて座せり父と子ならん

櫓田《ひつぢだ》を見下ろす寺にわが撞けば鐘の音は峡に響きわたれり

廃校の建物古《ふ》りぬ山越えの道路の入口また出口にも

明け方の雨上がりたる松山を這ふ霧のさまふるさとに似る

遍路より帰りし夜に算数の宿題持ちて児の待ちゐたり

大こぶし

わづかづつ売れてはをれど絶版となる日近づく『ハル、よく来たね』

無駄口をたたかぬあるじ自転車の修理を廉く確と仕上げぬ

メジロはも朱実啣へし嘴先《はしさき》を一瞬天に上げて呑みこむ

痒きとて山芋里芋の皮剥けぬ妻よわが亡きあとはどうする

鳥居めく道の左右の大こぶし咲《ひら》けり作草部《さくさべ》市民の森に

洞あれば危険木とて片側のこぶしはあはれけふ伐られゆく

八十歳の年輪密なり戦災も逃れ生き来しこぶしのいのち

リトアニア青年

区切り打ち四度目のけふ巡り来ぬ新婚旅行に訪ひし石手寺

松山の御幸町なる疎水べり休み処ありてジャカランダ萌ゆ

宿坊の客みな参じ早朝の本堂に勤行《ごんぎやう》始まるを待つ

住職のはんにやしんぎやう徐々徐々に合唱となり堂にとよもす

米作りもする住職の法話ならぬ世間話に笑ひがおこる

歩き遍路三十九日目とふリトアニア青年に会ふ桐の咲く径

みかん分けて食ぶれば異国青年は熱く語りぬ杉原《すぎはら》千畝《ちうね》を

眼の病ひ治りしお礼参りといふ青年ひとり巡れるに会ふ

山あひに田植どきなる棚田あり畔は頑丈なコンクリ造り

伊予、阿波の境のながきトンネルを鼻にハンカチあてて急ぎつ

雲辺寺山麓宿の若おかみこゑ明るくて手料理うまし

手水場に清水ゆたけく落ちくるをいただき小さきボトルにも汲む

夏うぐひす

執拗に二羽のカラスに遂はれたるダイサギが池の空離《さか》りゆく

すひかづら土手に咲きをり花ひとつ口に含めば幼時恋ほしも

へびいちご真紅に熟れてこの野辺におもへば久しくくちなはを見ず

「まんげつをみるとかなしい」車窓より空を見上げて七歳が言ふ

意外なる虫好きの児よ少三の女孫が鉢のなめくぢを撫づ

植ゑ込みでいま捕へたと小太りのとかげ手に持つ下校の女の児

会話能力持つとぞ聞けば四十雀その多弁さよ榎に群れて

鳴き出しの音程を変へ高鳴けり谷戸に棲みつく夏うぐひすは

前の森へ鉢より移しし栴檀が一夏を伸びて背の丈を越ゆ

まだ浄き鴉の死骸に行き会ひぬ盂蘭盆前の森の笹むら

すずめ蜂の横に割り込みタテハ蝶くぬぎの樹液せせりはじめつ

瓜の蔓這はせておとぎめく小屋に家庭菜園の人らうたげす

大写しされて投手のまへうしろ翅ひかりつつあきつ飛び交ふ

窓近くひぐらし鳴けば偲びをり柏崎驍二氏のかなかなの歌

人に会ふ無く

区切り打ち五度目。

峰ひとつ歩き越え来て雨のなかなほ山深き寺に着きたり

敬老の日のけふ閉づる休み処の軒下に雨除けて昼餉す

雨少し小止むを潮に次の寺めざして発ちぬ妻励まして

前を行く妻の姿が霧に消ゆ写真一枚撮りゐたる間に

合羽にて雨は凌げど身より噴く汗にずぶ濡れシャツも白衣も

杖の鈴、山のしづくの音ばかり鳥のこゑ無く人に会ふ無く

山門を入るや向かうに高き段あり本堂はその奥にある

らうそくの火も付かぬほど降りし雨小降りとなりぬ参拝終へて

鬼無《きなし》へと下る道辺の木通《あけび》の実ひとつを採りて妻と分け合ふ

台風のけふは琴電、タクシーを乗り継ぎ行かむ屋島寺《やしまじ》、八栗寺《やくりじ》

遍路着に合羽を羽織り妻とわれ運休直前の琴電に乗る

台風ゆゑ今しがた閉鎖したといふ屋島台への道路のゲート

行先を八栗寺に変へタクシーはしぶく山坂くねくねのぼる

台風に備へて閉ざす本堂の扉は石の重石《おもし》も置かる

吹き降りのなか宿に着き雨具など脱ぎぬ乾きてか広き土間に

風呂賜びて手持ちのパンを昼餉とし台風通過待ちてくつろぐ

力しぼり雨の坂道登り切れば最後の寺の山門見え来

区切り打ち五度目は雨の日多かりき雨の彼岸なり結願《けちがん》のけふ

高野山奥の院。

納経帳開けば笑みをわれに向け老僧言へり「満願ですね」

自己消化（オートファジー）

年を経し枯木の桑をのぼりつめ仙人鬚のからすうり咲く

生命のダイナミズムを思ひをりオートファジーといふもの知りて

動かねば寒いと絶えず動きゐし妣《はは》思はすよ霜月の雪

草だんご妻の作れど上の児は食べず自然派の下の児が食ぶ

〈サウジダイヤ拾ひ〉にも似て冬畑の鵯らひたにピーナツあさる

自国ファースト

犬のハル逝きて五年目　今年こそ戸口の車椅子を処分せむ

廃品に出さんとけふは洗ひをりハルが十年使ひし車椅子

廃品業の老いの目はつかうるみゐつ亡き犬の車椅子とぞ知りて

ハルの遺品みな無くなれど車椅子の遺影しづけし仏壇脇に

眩暈にて起きがてにゐる冬の朝森の鴉のこゑやはらかし

アイスランド土産の毛皮ソックスを妻がけさ履く二十年経て

ヒクヒクとかぼそく犬が寝ごと言ふ冬の日ざしの部屋の静けさ

地球温暖化は大嘘といふもゐて〈自国ファースト〉流行る世となる

高層の壁

かつてわが住みし官舎は建て替へか去年より空きが目立ちはじめぬ

居座りを続けし五戸も灯り消ゆ定期異動日のあと次々と

住人の退去終れど建て替えの気配なしこの公務員宿舎

四十年前を回想して、三首。

津田沼の木造平屋は壊すとて千葉の宿舎に渋々越しぬ

新築のビルが一棟建ちゐたり競輪場と墓地に挟まれ

オイルショック後の安普請、床音が階下にひびき苦情言われつ

意外にも宿舎は売りに出されたり高層の壁の白が目に染む

襖、畳など無造作にテラスより投げ落とされて大埃立つ

わが住みし三〇七号　柱、壁だけ残りゐてがらんどうなる

巨大蟹怒れるごとく唸りつつコンクリ壁を鋏み砕けり

佳句を抽きゆく

コンバインより落ちし義母闘病の身体となりて俳句はじめき

二十年句作に燃えし義母なりき残せしノート三十余冊

手が震へ文字の書けぬを嘆きつつノート終れり米寿の晩夏

句の素養乏しきわれはわが眼もて佳句を抽きゆく集に編むべく

農に嫁ぎ苦難多かりし義母なれど手記も混じれり句作綴りに

小学校出て奉公し嫁ぎにき八人子を産み夭折三人

「逝きし子の六つのままで百日紅」長女を偲ぶ一句うつくし

子守り、家事せし少女期の妻のこと記せり「幸子には苦労をかけた」

樫の実蒟蒻

苦しみを秘め持ち母と茶摘みせし日は遥かにて茶の芽かぐはし

ややしげく雨の音して小鳥らの黙せる森ににいにい鳴けり

老犬を看つつ聞きにしふくろふのこゑ久々に森より聞こゆ

手間かけて樫の実蒟蒻つくるわざ誰に継ぐなく母逝きましぬ

蟬のこゑ鳥のこゑせぬけさの森涼かぜ吹けば山鳩鳴けり

枯れてなほよき香を放つ山椒の幹を削りて擂粉木つくる

風つよき白膠木《ぬるで》のうれに鳴ける百舌夕日に染まり小赤鬼めく

拉致の子を四十年待ち老いふかむ親あり平和ボケした国に

かはせみ

池の辺の桜冬木の黒ずめる色にまぎれてかはせみ止まる

かはせみの狩を撮らんといふ老いは着水地点に焦点合はす

冬日照る池しづけくて石の上のかはせみ鳴けば応へ鳴くあり

人どおりあれども枝の上にゐてにかはせみはひたに池を見下ろす

嘴《はし》の紅《こう》、胸の伽羅色、背の翡翠《ひすい》息呑むごとき神のたまもの

水鳥と海のかもめも加はりてかはせみは池に棲みにくからむ

防弾ドア

サウジアラビアを回想す。

テロリスト襲来に備へ一室は防弾ドアに、と勧められたり

一日で防弾ドアの工事終ふ轟音、粉塵容赦もあらず

寝室を防弾ドアに改造し鍵のかかりが悪くなりたり

断食月《ラマダン》の奇しき夕刻、常は混むハイウェイたちまち滑走路めく

英語塾でともに学びし少年は父の王宮勤めが自慢

渓谷のそこひの涸川《ワジ》を下り来てくろき棗の大木に遭ふ

車窓より街の写真を撮りし同僚《とも》尾行されたり覆面パトに

イカマのみ残りゐて財布戻り来ぬモールで妻の失くせし財布
（イカマ＝在留許可証。サウジではパスポート以上に重要なもの）

顔の肝班《しみ》四つ五つを荒療治二回で除《と》りぬ巨漢の皮膚科医

合鴨

小犬と行く冬木の森の高みよりわが古家に日の沈む見ゆ

白神の裾の民宿どぶろくは臓腑に沁みて深く酔ひたり

無農薬の田の草取りの役終へて合鴨あはれ鴨肉となる

妻の実家より届きたる鴨の肉　牛蒡、葱と煮て美味し鴨汁

歳末に罹りし風邪を引きずりて喜寿のことしの初日に対ふ

布団あげて体操をする足裏にわが残したる体温伝ふ

山裾に餌食める鳩ら自動車に発たずニンゲン通れば発てり

根をあまた張りしポプラは倒されてその木口、龍の足跡に似る

きさらぎの前半われらあわただし義父の忌、母の忌、結婚記念日

啓蟄のけふ路上にて轢かれたる殿様蛙のいのち平たし

道の辺の土に葬ると手に持てば見場《みば》より軽し蛙のかばね

五回目の車検を潮に廃車せんと拭きをれば亡き犬の顕ち来ぬ

もう二年だけ乗らんかな犬のひほひはつかに残るこのぽんこつに

イトトンボ

通し打ち（八十八札所を一度に巡ること）にてお礼参りす。車で所要十一日間。

気を付けて行けといふがに霊山寺池の大鯉われを見上げつ

古稀といふデンマークびと大荷負ひこの山寺に登り来て笑む

石櫧《いちひがし》の黄金の花もこもこといま咲きさかる川沿ひのみち

妻の持つ経本《きやうほん》に止まりイトトンボ長らく去らず読経の後も

去りがてのトンボに妻は声かけぬ「もしやお前はハルちゃんでは」と

燃え上がる藁の炎を通りたる鰹のたたき分厚きを食ぶ

岬への雨の道路を走りつつ運転の妻一瞬眠る

車にて遍路みち行き高き山とほく見ゆるに寂しさ湧き来

結願を終へ来て憩ふ空港の広き玻璃戸を雨伝ひをり

栗の花

桐の下駄の香りに似ると妻言へりわが拾ひ来し桐の花びら

ヘルペスの痛みに覚めしあかつきをふくろふのこゑ森より聞こゆ

もち米の穀象虫を除けをれば突如羽ひろげ飛び去りしあり

目にしろく栗咲きてわが生れ月父の忌の月六月来たる

小雀に追はれジグザグにシジミ蝶逃げ果せたり木槿咲く苑

小丸川の瀬音

六年ぶり郷里《くに》の峡田は青けれどはらから六つづつ老いにけり

生れ家に兄弟四人酒酌みて話題はもはら祖《おや》の思ひ出

入院のながき四男気づかふにこよひはあへて誰も言ふなし

傘寿越えし長兄、次兄、喜寿のわれ、みな心臓にステントを抱く

小丸川瀬音も河鹿鳴く声もやさしと聞けりあかとき覚めて

嫁ぎ来て永らく川の水音が耳についたと母言ひをりき

死ぬまでの日課ぞ四人おのおのが薬とり出す朝餉のあとに

水の青海の青

超過密なる竹林に割り込みし今年竹ありみどり鮮らし

二度三度夏のはじめに鳴いたきりカナカナ鳴かずこの夏終る

休日の宮崎行きの一番機サーフボードあまた腹に蔵ひぬ

発電の水取られしや山裾を蛇行しゆける水無しの川

紀伊山地襞ふかくして濁るダム碧きダムあり台風の後

四万十の広き河口の水の青そのまま海の青につづけり

晩婚の息子が嫁御連れ来たり郷里の親族《うから》宴に集ふ

姉逝きて孤りの義兄は九十五張りあるこゑに高砂謡ふ

秋萌えよもぎ

森の辺の家の庭にて夕餉炊く媼ありしよひとむかしまへ

老夫婦逝けば初老のその息子戻り来て独り家を守れり

家修理したれど庭は荒れしまま白曼殊沙華ことしも咲けり

草だんごつくらむとけさ森に摘む秋萌えよもぎ青くやはらか

娘の一家だれも食べねば草だんご妻と食ぶすこし犬にも分けて

自が墨書「百折不撓」を部屋の壁に掲ぐる中二のこころをおもふ

真珠湾の年に生まれし男《を》のわれに名付けし父か平和をねがひ

めをとの庭師

触れむがに月と金星近づきて相かがやけり年明けの空

立ち枯れの松が三本伐られたり市民の森の危険木とて

五十五の年輪くつきり浮き立ちて木口は著き松の香放つ

五本だけとなりたる松の一本に鴉の去年の巣が見えてをり

月の満ち欠けの早さよ老いわれを過ぎゆく時の早さにも似て

金婚の記念の旅の野島崎巌に砕くる潮は春の香

大楯の幹に張りつき這ひのぼる木蔦たくまし木を枯らす無く

うぐひすのとほく鳴く方《かた》たづね行き谷戸の高みの墓地に到りぬ

父祖よりの広き屋敷に勤務医の初老のをみなひつそりと住む

荒れ庭を隈なく手入れし片付けぬめをとの庭師三日をかけて

尻をゆすりて
たにわたり時折り交ぜてうぐひすのこゑ小半日森に徹れり

草むらを不意に出で来しわが小犬蒲公英の絮あまたかぶれる

粒粗きサウジの塩を山椒の擂粉木をもてわがつぶしをり

宮崎の辣韭をサウジの山塩で漬けたるは旨しご飯がすすむ

後肢《うしろあし》よわりし犬がみぎひだり尻をゆすりて路地を行く見ゆ

息あらくわが門よぎる老犬にけさは駆け寄り首を抱きやる

わが窓を開くやはたと夜のさやぎやめたるごとく森の木々あり

水無月の西日暑ければわが影に小犬容れつつ畑道あるく

ゴーヤーの迫りくるかの勢ひを二階よりわがたのもしく瞰る

逢はず久しき

子ら遠く住めば独りで義姉を看きふるさとの次兄八十二歳

十六年病みて逝きたる義姉の顔ますます細し死に化粧して

通夜終へて寝ねぎは次兄がこぼしたり自が身に小さき癌の巣くふを

斎場に僧待つしじま、二度三度次兄は棺覗きに立ちぬ

三人子の末なる長男、葬送のことばはときに嗚咽に途切る

もつれ合ひて地に落ちたるは交尾ならず食ふ食はるるの蜂と金ブン

車椅子のわが犬ハルを励ましてくれし媼と逢はず久しき

綱引きをせしこの辻よ帰りたくない犬ハルと帰りたいわれ

椎の老樹

二〇一九年九月九日早朝、台風十五号が千葉市付近に上陸。
最大瞬間風速五十七メートル。

「台風十五号東京湾に入りました」真夜のラジオが昂ぶりて言ふ

前の森にとどろく風が息を継ぎたまゆらわれも小さく息つぐ

森を吹く風が千切りし木の小枝時折りわが家の雨戸に当たる

台風の夜を瓦の飛ぶ音におののきし幼時まざまざ浮かぶ

台風の去りたる森に倒木の幾本ありて小犬抱きゆく

根元ごと倒れたるあり幹裂けて垂れ下がるあり森の櫟ら

風倒木すぐに処理する手立て無く立ち入りを禁ず市民の森は

戦災に残りし杜の大ひのき三本すべて無惨に仆《たふ》る

木菟《づく》の雛かつて育ちし洞を抱き椎の老樹は台風に耐ふ

風台風千葉を奇襲し幾千の電柱倒し屋根を剥がしぬ

台風後つねより遅く彼岸花森に咲き出づくれなゐふかく

縄文犬

発掘の人ら寡黙に土を掻く加曾利貝塚百舌のこゑ鋭《と》し

台風に茅葺の屋根剥がされて竪穴住居のひとつ閉鎖す

竪穴の円き住居のひんやりとして土匂ひ黴も匂へり

ねんごろに埋葬されし犬の骨展示せりその全きかたち

骨の類おほく食せし縄文犬保存よきとぞ人骨よりも

狩猟犬、番犬の役のみならず冬は行火《あんくわ》の役も負ひたり

ニンゲンのよき伴《とも》として犬飼ひし平和な縄文の長き代ありき

すひかづら春は薫りき土手の道けふ目木《めぎ》の実の秋日に紅き

地球史の地質年代に「チバニアン」デビューして嬉し日本人われ

二百枚賀状書き終へし目にさやか湯の面に游ぶ柚子の黄のいろ

あとがき

本集は『エレファント・マーシュ』『母なるワジ』に次ぐ私の第三歌集である。二〇一一年から二〇一九年までの作品の中から四七三首を選んでほぼ制作順に収めた。年齢で言えば七十歳から七十八歳に当たる。仕事を完全に辞めて自由な身分となった以降の作品ということになる。

歌集名は集中の「小丸川瀬音も河鹿鳴く声もやさしと聞けりあかとき覚めて」による。小丸川（おまるがわ）は私の郷里の川である。幼年、少年期の私を育んでくれた郷里の自然のうち、この川はわが家のすぐ近くを流れ、いつも身近に馴れ親しんだ存在であった。そしてまた、第一、第二歌集の歌集名がたまたま外国の川に因んだものであったので、今回は日本の川を歌集名にと考えたとき、自ずとこの川に思い至ったのである。

小丸川は宮崎県北部の山地から南東流して高鍋町で日向灘に注ぐ。延長は七十余キロ、私の生家はその上流部に位置する。昔は豊かな清流であったが、昭和三十年ごろ川は一変した。上流にダムができて水は堰き止められ、隧道で隣の水系の川に引かれて発電に利用されるようになったからである。従来の清流は川底が現れるほどの水乏し川になった。だが、昔の川の姿が蘇るときがある。台風などで豪雨があると川は濁って著しく増水し、その後徐々に減水（濁りも減少）していき、十日くらい経つと元の水乏し川に戻るのだが、その十日間の半ばの二、三日ほど、川は昔と同じくらいの水位となり、昔のような姿を呈するのだ。歌集名の歌は丁度その時に詠んだものである。

「コスモス」に入り、本格的に歌を始めてから早くも三十年を過ぎた。この間、選者の方々をはじめ、多くの会員の作品に接し、かつ、学びながら今日に至ったことは大きなよろこびである。これからも己の生の証明として生ける限り歌を詠み続けていきたいと思う。

選歌は前回と同様、高野公彦氏にお願いした。今回も選歌を通じて多くのご教示ご示唆を賜り深く感謝申し上げます。

出版は縁あって飯塚書店にお願いし、懇切丁寧に対応して頂いた。心より厚くお礼申し上げます。

二〇二一年 清夏

長尾 和守

長尾　和守（ながお　かずもり）

1941年（昭和16年）宮崎県生まれ
1987年（昭和62年）「コスモス」入会
2003年（平成15年）歌集『エレファント・マーシュ』
2011年（平成23年）歌集『母なるワジ』
2021年（令和3年）「コスモス」評論賞受賞

現住所　〒二六三―〇〇一四
千葉市稲毛区作草部町五八七―五

コスモス叢書第一二〇二篇
歌集『小丸川《おまるがわ》の瀬音《せおと》』
令和三年八月三〇日　初版第一刷発行

著　者　長尾　和守
装　幀　山家　由希
発行者　飯塚　行男
発行所　株式会社 飯塚書店
http://izbooks.co.jp
〒一一二-〇〇〇二
東京都文京区小石川五-一六-四
☎ 〇三（三八一五）三八〇五
FAX 〇三（三八一五）三八一〇
印刷・製本　日本ハイコム株式会社

ISBN978-4-7522-8139-9　飯塚書店令和歌集叢書——21